Antoine Dole
Magali Le Huche

Les Rois de l'Univers

ACTES SUD
jeunesse

C’est une belle journée, pleine de petites joies.

Il y a des jours comme ça où, quoi qu’on fasse, tout va.

Alors le soir, installé bien au chaud dans son grand lit,

Justin en est certain : “LE ROI DE L’UNIVERS”, c’est lui !

Aussitôt, quelqu'un toque à la porte.

Justin se réveille en sursaut, vite, il enfile un short.

Et quand il regarde dans le jardin, il n'en croit pas ses yeux :

Un immense vaisseau spatial s'est posé au milieu.

Justin
Justin
Justin
Justin
Justin

Dehors, gesticulant, entouré d'une armée,

Un petit garçon s'énerve et ne cesse de l'appeler.

"Alors c'est toi Justin, le roi de l'univers ?" demande-t-il.

Le petit garçon explique qu'il vient de très très loin,
D'une planète qu'on appelle Trucmuche Machin Machin,
Et que si ce matin il est venu sur Terre
C'est parce qu'en vrai c'est lui, le roi de l'univers.

“Alors tu vois maintenant, on est bien embêtés,
Il ne peut pas y avoir deux rois dans cette Voie lactée.
Dis-moi ce que tu préfères, que j’atomise ta ville ?
Ça tombe bien, hier j’ai eu de nouveaux missiles !”

Justin n'en croit pas ses oreilles, quel malentendu !

Il a juste pensé ça, qui donc l'a entendu ?!

On ne devient pas roi parce qu'on l'a décidé :

Le petit roi l'affirme, il est déjà trop tard.

C'est dans tous les journaux, gazettes, livres d'histoire !

"Je vais démissionner", dit Justin, embêté.

Mais cela est impossible, il faut une autre idée !

Et si j'explique aux gens ?
Tu rigoles ?
Hors de question !
C'était un accident !
Ce n'est pas une raison !
Je ne suis qu'un enfant !
Je connais la chanson !
Je suis insignifiant.
C'est pas Justin ton nom ?

A voté.

Inutile de chercher, maintenant c'est trop tard.
Une élection peut-être ? Mais quelle idée bizarre !
"Il y a bien trop de voix, dans toute la galaxie.
Si on devait les compter, on n'aurait pas fini !"

Alors les deux rois sont embêtés, ils cherchent une solution.
Ils pourraient gouverner en fonction des saisons ?
Ou chaque semaine, peut-être un jour sur deux ?
Quand l'un dort, l'autre règne, voilà qui serait mieux.

J'annonce la nouvelle loi de transformer toutes les cours de récréation en piscine avec plongeoir, acceptée.
Mais je n'aime pas l'eau moi !

“Ma foi, c’est une idée ! Il y a beaucoup à faire,
On ne sera pas trop de deux pour toutes ces affaires.
Voilà, regarde la liste, c’est le programme de la journée :
Des millions de planètes attendent qu’on vienne s’en occuper !”

Justin est blême : “Je ne peux pas faire tout ça, j’ai école demain matin ! Peut-être qu’un adulte pourrait donner un coup de main ?”

Mais les adultes ne gouvernent pas l’univers, ils voient trop petit.

Les enfants, eux, voient grand, c’est pour ça qu’ils sont choisis.

Voilà, c'est une impasse, deux rois, c'est sans espoir.
Et à force de papoter, ils prennent tant de retard.
Justin a une idée, peut-être est-ce la bonne ?
Sans attendre, le voilà qui prend son mégaphone :

Enfants, où que vous soyez, entendez-moi, partout! La seule solution qui existe aujourd'hui, c'est vous! Devenez les rois et reines de ce grand univers! Et dirigez-le chacun, un peu à votre manière!

“Le monde peut changer, si nous en prenons soin.
Si vous êtes d’accord, alors levez la main,
Répétez après moi, d’une voix forte et fière :
« Je suis le roi, la reine, de mon bout d’univers ! »”

À ces mots, le petit roi applaudit des quatre mains
Comme c'est la tradition sur Trucmuche Machin Machin.
“Maintenant qu'on est tous rois et reines, Justin, j'ai de la chance.”

Directeur de création : Kamy Pakdel
Assistante éditoriale : Kathy Mayou
Maquette : Christelle Grossin
ISBN 978-2-330-18607-4
Loi 49-956 du 16 juillet 1949 sur les publications destinées à la jeunesse.
Reproduit et achevé d'imprimer en décembre 2023 par l'imprimerie Jelgavas Tipogrāfija
pour le compte des éditions ACTES SUD, Le Méjan, Place Nina-Berberova, 13200 Arles
Dépôt légal 1re édition : mars 2024 – Imprimé en Lettonie